KB199472

버슨분홍

b판시선 72

문예진 시집

버슨분홍

도서출판 b

식은 밥알처럼
무딘 칼날처럼
젖은 꽃잎처럼

이차대전 때 죽은 독일 병정의 손목시계처럼
땅속 깊이 묻혀 있다가

겨우 솟아

시인이 됩니다.

2025년 4월
문예진

| 차 례 |

제1부

금정에서 눈물 없이도 서러울 수 있겠다

어디선가 시름시름 밥 짓는 연기 오를 시간, 금정역 활짝 핀 벚꽃 아래 흑백사진처럼 서 있다가 인파에 떠밀리며 부딪친 눈빛

어디서 보았더라

흑룡강에서 1호선을 타고 온 김 씨와 연변에서 4호선을 타고 온 이 씨가 그렇게 반가운 상봉을 하고 김치찌개된장찌개동태찌개 집 어깨동무한 뒷골목에 끼어 앉아 술잔을 부딪친다

한 잔
또 한 잔
이슬은 차가운데
고향집 아랫목에 묻어둔 그리움은 좀처럼 식질 않아

흔들흔들 연분홍 꽃비를 맞으며 철로를 거슬러 오르는 낯선 나라의 기우뚱한 봄밤이다

서울역에 모여 있는 김밥들

지하철 1호선 서울역에서

식은 밥알처럼
무딘 칼날처럼
젖은 꽃잎처럼

자, 김밥 있습니다

애 다섯 데리고 셋방 살던 울 엄마
돌에 눌린 장아찌 같은
그 목소리

김밥이 있어요

이차대전 때 죽은 독일 병정의 손목시계처럼
땅속 깊이 묻혀 있다가
솟아 나

김밥 옆구리 터트리고 있었네

지하철 1호선 서울역에서

빈방 있습니까

비우지 못한 술병이 풍화風化된 아버지를 기다리는 방
뜨거운 수프를 찾지 못한 아이는 꿈속을 들락거리며
지붕에 감춰두었던 분홍 망사 꽃그늘을 꺼내 덮는다

수요일엔 별을 딸 수 있을 거야 엄마가 사라진 곳엔
지루한 거짓말이 반짝반짝
빛에 긁힌 어둠이 독설을 뿌리고
'어머니를 빌려드립니다' 빛바랜 치부책을 찢으며 드디
어 완성되는 눈물

골목은 우는 일이 잦은데
빈방 있습니까?
아이는 모르는 척 첫사랑을 꿈꾼다

청바지를 입지 못하게 된 누나는 눈물에 관한 몇 가지
오해를 하고 오빠들에게 쪽지를 보내는데
칼자국 선명한 식탁엔 소문의 배후만 주렁주렁
술병을 집어 든 소년들이 골목을 떠돌자

거미줄에 걸린 하늘이 가정교육에 관한 명상 수업을
한다

빈방 있습니까?

Annie 그리고 선심이

손바닥만 한 텃밭이 태평양을 건너와 죽림에 내려앉습니
다
공장 화단에 붉은 칸나 대신 심은 배추랍니다
바다 건너 엄마 생각 다독이느라 푸른 물이 들었을 Annie
짧은 소식에 담아 보낸 일상이 연애편지처럼 반갑다가,
주름살이 늘어납니다

데킬라 같은 정열의 여인
Annie가 된 선심이

짧아지는 가을 햇살에 그녀 이름을 들어
어디 아픈 곳은 없는지 뒤집어도 보고 쓸어도 봅니다
바다 저쪽 아득한 곳에 Annie가 있어 자꾸 날개를 펄럭입
니다

그곳에도 부뚜막이 있나요?
이곳은 벌써 가을이 군불을 지피고 있습니다
초록이 흘러 붉은 혈흔을 남기는 것은

먼 기억들이 몸 안의 길을 따라 떠도는 것

요즘 들어 자꾸 묵은 이름들이 떠오릅니다
서울로 부산으로 멕시코로 흘러가 지문 하나씩 지우며
뿌리를 내린
정남 혜경 재숙 명숙 연숙 그리고 선심

돌아가는 길 잃어버릴까, 오늘도 둥근 지구본을 돌립니다
우리는 시차를 건널 수 있을까요?

꽃잎이 붉은 이유

발정 난 고양이 울음주머니 차오르는 저녁

신호등에 걸린 꽃잎을 보았습니다

신호가 여러 번 바뀌고

주저주저, 여전히 그 자리에 있습니다

고양이 우는 소리에 화들짝 놀란

꽃잎 바람에 풀썩이다가

힘에 부친 지 금세 내려앉고 맙니다

어디서부터 어떻게 왔는지 몸은 이미 만신창이입니다

밤은 깊어 가는데,

신호등에 걸려 오도 가도 못하는 꽃잎을 봅니다

환향還鄕을 놓지 못한 꽃잎이

네거리 푸른 신호등에 걸려 풀썩풀썩

입덧 중입니다

불을 켜다

달콤한 말이 사라진 집엔 자주 어둠이 고였다

또 무슨 일이 있었던 걸까?

어둠을 파먹다 검게 마른 꽃잎들
부엌 창가에 올려놓은 화병의 장미가 제 모습을 보이고
싶지 않다는 듯 고개를 떨구고 있다
함께 시들지 못해 슬픈 꽃무늬 찻잔은 선반에 엎어진
채 눈물 자국을 남겨놓았고
방과 방 사이를 분주히 오가던 먼지들도 조용히 내려앉아
있었다

하얀 커튼 자락이 바람을 불러다
어떤 의식을 치르듯 검은 꽃잎을 덮는다

때마침
어둠을 닦아내고
날아오르는

빛

똑! 똑! 똑!
방문 앞에 누군가 놓고 간 다짐 같은

갈치

손가락이 베인 줄 몰랐다
칼날을 쓸어보니 날인지 등인지 모를 만큼 무디어져
있다

뭘 하던 중이었을까?

날 선 것들끼리 서로 베고 베이다
입맛 잃은 혀처럼 우리는 무디어지기로 했다
따로국밥을 먹고 따로 킬킬거리다가

사랑도 지고 봄도 지나 숨 막히는 저녁
감자에 싹을 틔운 검은 비닐봉지의 기술을 발견했다
나는 숨겨둔 기술 하나를 꺼내 보이고 싶었다
꽁꽁 언 갈치의 마음을 녹여내는 일 같은

내가 좋아하는 갈치에 그가 좋아하는 감자를 듬뿍 얹어
끓이면
칼날은 은갈치처럼 졸이고 졸여져 다시 매콤한 감자를

품을까?

갈치조림에 손가락이 베였다

구절초

슬픈 계절이 지나가기를······

문을 닫아 걸었다

울먹울먹 대문 두드리는 주먹이 보인다

눈빛 거둔 사이 나비는 떠나고
문턱을 넘지 못한 구절초 한 그루 허리가 굽고 팔은
비틀렸다
늦은 저녁 싸락눈이 바람을 타고 날아와 손등에 앉는다
골목의 한 귀퉁이에서 작고 파란 손들 자꾸 흔들고

집은 아직 멀다

가시 바르는 일

노릇노릇 구운 갈치 토막 받아 들고
토라진 밥상이 있습니다

일곱 살 손자와 할머니의 팽팽한 기 싸움에 놀란
담장 아래 봉숭아가 떨구려던 꽃잎에 다시 힘을 주는데요

세상의 가시 바르는 일은 필생의 유업

봉숭아 꽃잎 같은 입이 댓 발 나오거나 말거나 방바닥만
연신 닦아대는
북어 껍질 같은 손등에 물기 마르지 않는 저녁입니다

금방 비 쏟아붓겠습니다

팔월호일

전의를 상실한 바람들이 가까운 편의점으로 몰려 가버린

한낮의 길은 태양과 팽팽하게 대치 중이다

삼복더위에 살얼음을 밟다니

몸 전체로 얼음 금 가는 소리 쫙 번지더니

고요를 참지 못한 매미들 우르르 비명을 내지른다

화단 모퉁이에서 졸고 있던 배롱나무

백일도 품지 못한 꽃잎을 놓치는데

다시 허공에 얼음 깨지는 소리

쨍쨍하다

푸르다

쉿

꽃병에 매달려 허공을 파먹던 꽃송이가

그만 날개 하나를 떼어낸다

고요에 금 갈까 소리 죽인 꽃잎이 유리에 스며드는데

꽃잎은 아직 어린 살

여린 피가 묻어 있다

울먹이지 마! 창밖의 자목련이 자기 살빛 몇 장 덜어주는 봄

한낱 농담처럼 소멸하는 이 밤의 일은

유리가 내 마음에 스며들도록 내버려두는 것

검은 내장이 무거워

비리다는 것은 바다가 멀다는 것

엄마는 달이 뜨면 닳고 닳은 치마를 팔락거리며 집을
나섰어
꼬리도 없는, 지느러미 닮은 치마를 입고
해가 지고 먼 곳에 닿지 못한 엄마는 비린 것들을 여럿
낳아서 왔지

그날 나는 생크림으로 위장한 검은 찻잔에 몰입하던
중이었는데
굽은 엄마는 찌그러진 냄비에만 집중했어
미끈거리는 것들을 차곡차곡 눕혀 놓고 "사랑해"라고
속삭였을까
달콤한 유혹엔 소금 대신 설탕이 제격인데 말이야

뚜껑을 열었는데
붉어진 것들이 절정으로 치달으며 내뱉는 것은 온통
등골이 휜 엄마, 엄마들

깡통과 깡패 사이

유통 기한 지난 통조림을 들고
한참을 서 있네

유효 기간 알 수 없는 그리움은
반품 처도 모르는 나는

오도 가도 못하는 사이
캔 따개는 떨어져 나가고

숨구멍 틀어막힌 깡통을 녹슨 깡패처럼
툭 치고 가는 바람

칸나꽃은 피고

한물간 여름이 질기게 추근대는
추파춥스가 녹아내리는 밤
옛사랑이라도 찾아올까
통 넓은 원피스를 걷어 올리고 거실 바닥에 드러눕는다

가을이 문밖에서 기웃거리고
꽃물 빠져나간 몸은 또 속없이 달아오르는데
어둠과 뒤엉킨 허벅지를 늙은 애인 같은 바람이 슬쩍
만지고 간다
방충망에 매달려 지켜보던 매미 떼 난데없는 호곡 소리

추파를 던지던 여름의 날개가 부러지고 있다

제2부

버스를 놓치다

나비를 놓친
꽃잎 하나 늦봄 절절 끓는 햇살에 앓고 있다

꽃잎을 놓친
바람은 가시에 걸려 거미줄이나 치고

손끝에 걸린 어떤 말 하나가
수척해지다 침묵이 되고 말았는데

또다시 봄을 놓친
나는 여전히 버스를 기다리고 있다

가율

'첫'이란 불사조 같은 것

먼 곳에 두고 온
내가 있었다
그 자리에 잘 있는지, 안부를 묻지 못했다

랑 랑 랑……
한 번씩 돌아오던 메아리 문득 희미해지고
저문 하늘을 건너다 고사목에 목이 걸린 둥근 흰 날개

봄비에 단풍 들고
여름 볕에 서리 내려
아직 식지 않은 한 조각을 찾아 오래 버려둔 길을 달려가는
데

'가율'
새처럼 날아와 안기는
나의 '첫'

* 가을: 차를 타고 지나는 중에 이정표에서 가을이라는 지명을 보았다. 충청도나 경기도쯤
이었던 것 같은데 여러 번 검색해도 그곳이 어디였는지 확인할 수 없었다.

버슨분홍빛 LOVE
—애신의 말

나의 첫 문장은 이렇게 시작하오
봄을 핑기삼아 안부를 묻소
나는 잘잇소
귀흐는 잘잇는지요

피 먹은 어둠을 거적처럼 둘러쓴 그 밤에 내가 한 이방인에
게 들킨 것은 불온한 낭만이었고 헛된 희망이었소 도공도
포수도 주모도 아등바등 지키려는 조선, 달리 방법이 없었
소 나라를 팔려는 자는 목숨을 걸지 않으나 지키려는 자는
목숨을 걸었으니 그들은 쉬이 무너질 거라 생각했소

그런데
LOVE가 꽤 어렵구려
조선에서 가장 먼 곳으로 달려 지구본 두 뼘 반의 거리에
던져진 소년이었던, 끝내 조선인도 이방인도 될 수 없었던
이름

유진 초이! 어제는 내 삶에 없던 귀하가 오늘은 내 삶에

있소

오얏꽃을 핑기ㅎ야

보고 싶다 조르난 거시오

그대가 남기고 간 문장이 버슨분홍빛으로 휘날리는 봄이
라오

총 쏘는 것보다 더 위험하고 더 뜨거운 우리들 LOVE의
종착지는 영광과 새드엔딩 그 어디쯤일지? 이제 나는 꽃이
되려 하오 뜨거운 불꽃 말이오 귀하가 남긴 불씨로 그렇게
환하게 뜨거웠다가 지려오

내 마지막 문장은 이리 쓰겠소

부디 독립된 조국에서 See You Again

* 드라마 〈미스터 션샤인〉에서 내용과 대사를 빌려옴.
** 버슨분홍: 연분홍을 이르는 우리 옛말.
*** 유진 초이: 노비였던 부모가 상전에게 매 맞아 죽는 걸 보고 도망쳐 미국행 배에
   숨어들었음. 미 해병대 대위가 되어 조선 주재 미공사관 영사대리로 부임, 의병이었던
   조선 최고 명문가의 손녀 고애신을 사랑하여 의병으로 생을 마감함.

의병, 그게 돈이 됩니까

　—구동매의 말

　부모가 백정이었지요 저도 칼을 잡긴 합니다만 소 돼지
말고 다른 걸 벱니다 제가 처음으로 벤 이가 누군지 아십니
까?

　'호강에 겨운 양반 계집'

　고르고 골라 제일 날카로운 말로 애기씰 베었습니다
아프셨을까요? 여직 아프시길 바라다가도 아주 잊으셨길
바라다가도

　'돈이면 다 하는 숭악한 놈'

　제가 받은 돈이 있어 당분간은 일본 놈입니다 하여 검은
새 한 마리를 쏘았지요 다신 날아오르지 말라 하였는데
기어이 다시 오시니 이놈은 모르겠습니다 왜 자꾸 그런
선택을 하시는지 정혼을 깨고 흠을 잡히고 총을 들어 표적이
되는 그런 위험한 선택들 말입니다

　그때 제겐 필요 없던 목숨이었습니다 허니 애기씨 또한
날아오르지 마십시오 세상에 어떤 질문도 하지 마십시오
총 대신 분을 넣고 칼 대신 화사한 그림을 걸고 예쁜 옷이나

지어 입으면서 그렇게 평범하게 사는 꿈을 꾸십시오

그런데 말입니다
한낱 지게꾼도 목숨을 거는
칼로도 벨 수 없는 의롭고 뜨거운 마음 같은 것

의병, 그게 돈이 많이 됩니까?

목숨 내놓고 살긴 이놈도 매한가지 그렇다면 소인 조선인
이 되어볼까 합니다만, 반갑다 아니하시겠으나 저를 가마에
태우신 순간부터 제 마지막은 이리 정해져 있었던 겁니다

부디
오래
날아오르십시오
조선의 검은 새들이여!

* 드라마 〈미스터 션샤인〉에서 내용과 대사를 빌려 옴.

거울

돌아갈 곳이 있다는 것은 어디에도 숨을 곳이 없는 것처럼
참담했다[*]

언제부터인가 집으로 돌아가는 엘리베이터 거울 속에
나를 감추고 있어요
단물 빠진 얼굴을 종종 맡겨놓지요
오늘도 화장으로 가릴 수 없는 표정을 벗겨냅니다
그런데 잘 떨어지지 않아요
오래 정들었거든요

스윗한 집에 다 와 가는데 이 노릇을 어떡하지요?
거울 깊숙이 손을 넣어 휘저으면 예전에 맡겨놓은 수선화
닮은 얼굴 찾을 수 있을까요?

막 화면이 바뀐 광고판에서
화사하게 빛나는 가면 하나 꺼내 씁니다
언제나 home은 평화로운 곳이니까요

[*] 이혜미, 「골목의 가감법」, 『보라의 바깥』.

44

즐거운 치통

동굴 속에서 홀로 춤추는 중입니다

왈츠를 추다가 재즈를 추다가 삼바 춤을 추는지 정열적인
신음이 입 밖으로 흘러넘칩니다
화려한 춤사위를 갈고닦기까지 참으로 오랜 시간을 버티
었습니다
제멋대로 무너져 내리는 잇몸은 피가 나도록 채찍질했고
삼시 세끼 꼬박꼬박 일만 하는 이들을 충치의 신세계로
유혹해 익힌 기술입니다
무수한 시간을 견뎌냈지요
춤바람을 견디지 못하고 떠난, 댄서가 되지 못한 것들의
무덤
혀를 부려 가만히 어루만져봅니다
쉿!
지금 막 에로틱한 시간으로 접어들었어요
관객도 없이 혼자 고통을 껴안으며 돌고 도는

즐거운 치통

민들레꽃반지

　　망백 가까운 여자가 녹의홍상 떨쳐입고 번쩍번쩍 반지를
닦는다 등허리에 민들레꽃 무늬가 새겨진 반지, 연지 곤지
찍은 늙은 얼굴에 잇꽃 빛 환하다

　　스물한 살 꽃두레와 스물여섯 꽃두루가 월하노인 중신
좇아 찔레꽃머리에 백년가약을 맺었습니다 활짝 핀 애기나
리꽃 한 송이 귀밑머리에 꽂아주며 "꽃바덤 새악시가 더
곱소." 새서방님 한마디에 귀밑 붉히던 새악시, 뼛속까지
보루세빗긔인 서방님 가시는 길 좇아 신작로길 마다하고
가시덤불 우거진 외자국길로 들어섰지요 꽃밤 치른 지 겨우
두어 달, 신 벗을 사이도 없이 '묵돌불가금墨突不暇黔' 하는

　　련희!
　　내 목숨이나 달음업시 그대를 사랑하오 내 수명이 다할째
까지 그대를 사랑하려오
　　한 달에 한 번은 꼭 편지를 보냈습니다 세세생생 같은
길을 하냥 손잡구 가넌 동지가 되자 했습니다

박가분 한 통 눈깔사탕 한 봉지 넣고 달음질쳐 넘어온 사내, 열두 고개 콧노래 흥얼거리며 휘휘 달려온 오두막에는 카빈 총구가 먼저와 기다리고 있었습니다 사내가 끌려가던 날, 놀란 고추잠자리 한 마리 포르르 날아올랐다지요 사상을 버리면 자유를 준다 하였으나 살푸슴 왼고개 치고 학살당해버린, 사내의 사상을 받들어 징역 복만 냅다 터진 새각시 머리에는 어느새 흰 눈 수북이 내려앉았습니다

　끔찍한 족대기질에도 반십 년 넘은 옥살이에도 지켜낸 서방님 주신 민들레꽃반지, 제삿날 쓰일 제기라도 되는 듯 기와 가루 묻힌 다후다 조각으로 닦아내는데…… 녹의홍상 꺼내 입고 번쩍번쩍 닦아내는데…… 달포만 있으면 망백이 되는 내 어머니 나 그 옛날 꽃두레 꽃두루의 어여쁜 레뾰가 되어 드릴 터이니 민들레 씨앗으로 휠휠 날아오르소서 잇꽃 빛 새악시 되어 훨훨 날아 가시오소서

* 민들레꽃반지: 김성동 작가의 소설집에서 제목과 내용을 빌려 옴.

베를린 천사의 시*

  투명한 나뭇잎, 물결치는 초원, 야외의 하얀 식탁보,
행복한 일요일, 내 나라의 이야기는 그렇게 시작되어야만
했었다
  색깔 있는 돌, 빛이 넘치는 정원, 아름다운 이방인, 포츠담
공원에서 커피를 마시며 담소를 나누었던 시절의 이야기
  그러나 오늘 나는 평화의 서사시를 노래하지 못한다
광장은 온통 깃발 속에 묻히고 문패를 무기처럼 붙인 집들은
출입 금지 구역이 되었다

  노란 별은 죽음의 상징
  태고의 강은 말랐고 연못 속의 송어는 사실 가오리였어

  발코니에서 서성대는 마녀야! 넌 왜 빨간 양말을 신지?
  꽃보다 붉은 건 기분 좋은 일이야
  검은 신발을 신고 저 멀리 폐허에서 이불을 털고 있는
근성의 여인들을 보렴
  이 세상에 없어서 슬픈 게 있다면 참새뿐이지
  해 지는 호숫가에선 두 수사슴이 싸우는데

맞아, 잊고 있었어 난 인내심이 많은 엑스트라라는 걸

오늘 밤 동쪽으로 가는 지하철을 타겠어
슬픔이 닿지 않는 그곳
그리고 평화라는 이름의 사과나무에 오를 거야
내 어깨에 날개가 자라나겠지

물이 흐르기 시작했군
푸른 나무는 새 둥지를 얹은 채 노래하고
베를린엔 천사가 필요해
이제 모자를 골라야겠어
내 날개에 딱 맞는 모자를 말이야

* 영화 〈베를린 천사의 시〉에서 내용과 대사를 빌려 옴.

내 영혼이 따뜻했던 날들*

하루를 섬섬히 버들눈처럼 모여 서서 우는 봄비여**

단추 구멍에 달아도 머리핀 대신 꽂아도 좋을 사랑아
구절초 매디매디 나부끼는 사랑아**

동전 몇 개 손에 들고 오류동의 좌판을 서성이던 날**

바람 같은 음악 흘러간다고 색동 눈물 쏟는
스칸디나비아라든가 뭐라구 하는 고장에서는 탄광 퇴근
하는 광부들의 작업복 뒷주머니마다 기름 묻은 책 하이데거
럿셀 헤밍웨이 장자가 꽂혀 있다던**

시인과 함께 밤새 우던 날

시력 잃은 내 아버지 이발소 거울 앞에서 환하게 웃으시던
날

죽은 줄 알았던 화분에 새싹 올라오던 날

명옥헌 배롱나무 꽃잎 타고 후드득 떨어지는 분홍 빗소리
에 귀를 적시던 날

　　내용 없는 아름다움에** 취해 아무도 읽지 않는 시를
쓰는

　　살아 있는 모든 날

* 체로키 인디언의 혈통을 이어받은 포리스터 카터의 자전적 소설 제목.
** 박용래, 신동엽, 김종삼의 시구를 빌려 옴.

暈^훈
—조길성 시인

슬픈 태양의 음악, 웅크린 영혼의 외침, 조용한 고독의
파편
뭐였더라 뭐였을까
늑대와 춤을, 주먹 쥐고 일어서, 이것도 아닌데……
며칠을 끙끙거려도 기억나지 않는 이름이 있습니다

시 쓰는 사람 몇에 춤꾼과 노랫말 쓰는 사람이 모여
박용래 시인의 시 몇 편을 읽으며 감동에 젖었던 날
우리는 흩어지기 아쉬운 마음에 노랫말 쓰는 이의 일터로
자리를 옮겼지요
팬데믹으로 坑^갱 속 같던 공간이 시와 노래와 춤으로
신명 날 무렵
노래 한 곡을 막 끝내고 내려온 남자를 향해 누군가가
긴 이름을 지어 불렀습니다

귀뚜라미 우는 소리 들렸을까요
떼를 지어 울었을까요
벽이 무너지라고 울었을까요

순간

　나는 콩깍지처럼 후미진, 이슥토록 창문은 木瓜^{모과} 빛인

외딴집에서

　기인 詩^시를 써 내려가는 남자를 보았습니다

　그리운 이름을 부르는 대신 자주 위스키 냄새를 풍기는

남자는 가끔 노래를 부릅니다

　허방다리 들어내야 보이는 풍경이었을까요

　이름이 기억나지 않습니다

* 박용래, 「月暈^{월훈}」을 변주함. 『일락서산에 개구리 울음』.

윌리엄 터너들

평소 몸에 밴 습관인지 아니면 추위 때문인지 어깨를
잔뜩 움츠린 채 폐선으로 숨어드는 사내를 본다 기다렸다는
듯 익숙한 공기가 재빠르게 사내를 낚아채고 그는 주머니
깊숙한 곳에서 무언가를 꺼내 불을 지핀다

트럭과 지게차와 대차가 쉴 새 없이 움직이는 하역장
구석에 정박 중인 폐선은 원래 푸른 바다를 항해하던 증기선
이었다고 한다 오래전 어느 화가가* 그 증기선에 몸을 묶고
눈보라 치는 바다와 맞섰다는 그래서 걸출한 역작을 남겼다
는 이야기를 누군가에게 들은 적 있다 아마 그래서였을
것이다

정작 바다 한 번 본 적 없으면서 바다를 그리워하는
사내, 하루에도 몇 번씩 폐선에 올라 불을 지핀다
마지막 연료를 비벼끄고 하선下船하는

오늘도 출항에 실패한 사내의 등 뒤에서 서서히 침몰하는
배,

화가는 죽은 지 오래였다

* 조지프 말로드 윌리엄 터너.

푸른 손톱

살아오는 동안 수많은 문을 여닫았다

문틈에 자주 끼었던 손톱에는 푸른빛 매니큐어가 쑥쑥
자라나고

또 다른 문을 열어보는 아침

오래전 사다 두었던 멍을 처바르며 흐느끼던 손가락들

푸른 눈동자를 굴리며 킬킬거리다 마침내 퍼덕이기 시작
한다

이제 바람의 나라로 가서 아이를 낳아야지

푸른 강물처럼 시들지 않는 아이를

제3부

청냉이꽃

색바랜 플라스틱 바구니 두어 개 놓고
시든 냉이처럼 쭈그려 앉은 할머니
짓무른 눈길 모른 척 밟으며 지나오는데

쭈그렁 젖꼭지 닮은 꽃들
하얗게 손짓하며 날 불러세웠지
미열처럼 어둠을 적시는, 그 가늘고 어설픈 중얼거림에
오래 머문 적 있었지

빈 봉지, 빈 깡통, 빈 뱃구레로 어슬렁거리던
그 거리에 두고 온
나를 닮은 것들

봄비 내리는 어디쯤에서 젖고 있을까?

긴 여행에 지친 포로처럼

지루한 키스엔 혁명이 필요해요

색 바랜 입술 폐업한 상점의 셔터처럼 닫아걸고
풍선껌이나 씹으면서 질 좋은 클렌징크림으로 당신을
지우고
어디 늙어가는 별 한 귀퉁이 얻어
거룩하고 싶었어요

비린내 풍기는 고등어가 되고 싶었던
어항 속 금붕어는 떠돌이별을 유혹했을까요?

도덕적인 입술에 쉴 새 없이 피멍 들고
지루한 키스엔 혁명이 필요해요

장엄했던 성당의 종소리를 기억해 낸 여자는
싸구려 클렌징크림으로 입술을 지우고
한때는 분홍빛이었던 립스틱을 양지바른 동산에 묻습니
다

거룩한 저녁으로 가는 길

육교에 꽃집

꽃이 핀다는 춘삼월
골판지와 깡통이 살던 육교에 꽃집이 생겼다

어제도 그제도 변함없이 제집을 지키던 사내가
심기일전 직업을 바꿔보겠다는 듯
제멋대로 시든 꽃 몇 송이 늘어놓고

소주 내 쩐 입술이 보랏빛 군침을 흘린다

노란 원피스를 입은 모델이 꽃집을 내려다보며 웃고
있는
건너편 백화점 간판은 프리지아 한 송이 없어도 봄이
가득한데

종일 꽃샘추위에 웅크리다 꽃무덤이 된 집은
봄이 멀다

구석에 웅크리고 있던 꾀죄죄한 눈ㅌ이 눈ㅐ을 반짝이

며 흔들리는 사내를 지켜본다

낙화

꽃이 지는가,
눈물도 없는데

빛의 거리에는 모두 날아오르는 것들뿐이었다

도시에선 아이들이 하나둘 사라지고 배곯아 죽은 꽃들이
시퍼렇게 멍든 치맛자락에 비린내 가시지 않은 몸을 던진다

한번은 내게도 소리 없이 다가와 젖 달라 손 내밀던
입술이 있었다
가슴을 덜어낸 나는 날개를 심는 중이었는데
아무리 울어도 흐르지 않는 새의 눈물

재주라곤 침묵하는 것밖에 없는 도시에서 어떤 이는
고작 꽃일 뿐이라고 했으나
우리에겐 저마다 서로 다른 꽃잎이었음을

빛의 거리를 자꾸 돌아다보던 나무가 제 몸에 캄캄한

슬픔을 새긴다

쌍봉낙타

단단하고 두꺼운 겨울이 오고 있었다 일찍부터 추위를
타던 나는 홈쇼핑에 끌려 나온 빛깔 좋은 쌍봉낙타 한 벌
사서 옷장 속에 가두어 놓았다

고비사막에 살던 낙타라고 했다

십이 개월 할부로 데려온 녀석이 유목의 습성을 버리지
못하고 달아날까 봐 코뚜레에 걸어 단추까지 채워두었다

바람이 세차게 불던 어느 저녁, 뚜벅뚜벅 종일 걸었으나
한 줄도 완성하지 못한 이야기를 던지고 옷장이 아닌 TV
속으로 들어가 쓰러지는 낙타

네 다리가 묶여 있었다

달려들어 털을 벗기는 사람들, 옆에서는 어미 낙타가
새끼에게 젖 먹이는 걸 거부하고 곧이어 마두금 연주 들리고
어미 눈에 주르륵 눈물 흐르고 새끼는 젖을 먹기 시작하고
어미가 되고 버둥거리다 쓰러지고 다시 마두금 연주……

그런데 그날 이후 자꾸만 옷장이 눅눅해지는 것 같다

넣어둔 제습제는 눈물 한 방울 묻지 않았는데

먼 곳에서 황사 바람 불어올 때마다 주르륵 무엇이 흐르는
지

몸을 벗어난 털은 이미 낙타가 아니라고 주문을 외워보지
만

혹도 없이 늘 젖어 있는

사람을 두고 생각이 깊어진 사이
코뚜레에 걸린 채 잠이 든 낙타 한 마리

마두금 소리 듣고 있을까?

우리에겐 몇 개의 슬픔이 부족했어

그날 지상에서는 한 무리의 사람들이 사라졌고
우리는 눈물을 모아 반짝이는 수정을 빚기로 했다

투명한 것도 무기가 될 수 있다는 소문에
너는 새어 나오는 표정을 끌어당기며 근엄했니?
표정의 어느 부위는 근육으로 덧붙일 수 있다는데
허영과 무심 사이에 갇힌 골목은 모를 거라는 착각

이기적인 도시는 수정을 완성하는 대신
어둠을 삼켜 비밀에 부치기로 한다
무서움이 없는 건 바보야
모조품 같은 왕국의 안부를 묻는 바람이 낡은 신전에
앉아 비틀거린다
무슨 생각을 하세요?
꽃잎을 훔친 죄

먹구름이 짙어질수록 하늘은 고해성사 같은 걸 흘리고
좁은 골목 사이를 빠져나가지 못한 꽃잎들이 환생을

기다리는

　무료한 도시가 가끔 식어 빠진 양심을 찔끔거리지만
　아직 제단을 세우기엔 부족한 눈물
　우리는 늙은 신들의 방에 도착할 뒤늦은 슬픔을 기다리고
있다

몰락한 마을 사이로

달이 오고 있다

대숲 사이로 환하게 떠오르는 혼령들
머리카락 풀어 헤치고 오래 묵은 고요를 헤집어 사라진
손금을 찾는 동안
나비 한 마리 평평해진 무덤에서 연분홍 꽃잎을 건져
낸다

마을은 은빛 비늘 출렁이는 바다 같았다

동구 밖에 턱을 괴고 돌아오지 않는 이들을 기다리던
짧은 명命이 대숲 사이로 숨으면
머리카락 풀어 헤친 잎사귀들이 일제히 달을 향해 경배했
다

달이 가고 있다

어둠을 비비며 몸을 뒤척이는 댓잎들

쫑긋 세우던 귀를 잘라내고 마을은 오랜 전설이 된다

완벽한 몰락이다

장마

가족사진이 점점 가벼워집니다
그때마다 입속에 고인 이름들을 삼킵니다

나의 시는 자주 물기에 젖었고

시간을 흘리며 다다른 여름,
돌림 노래가 시작되었습니다

잿빛 지붕은 눈물을 그칠 줄 모르고
물 먹은 가슴을 뜯어낼 수 없어 물 먹는 하마 떼를 풀었습
니다
속 모르는 벽지는 하하 호호 곰팡이꽃을 피우기 시작했어
요

지금은 멸종된 햇살 몇 홉 서랍 속에 잘 넣어두었더라면
침수된 꽃밭 지킬 수 있었을까요?

우물우물 지난봄에 산 꽃잎을 펼쳐보지만

눈물을 감추는 데 미숙한 지붕이 배수구의 입을 틀어막아
요

쌀밥

지천으로 핀 하얀 쌀밥 배부르게 먹다가

옛 기억에 걸려 넘어지고 말았네

내가 흘린 밥알로 끼니 때우며

입 하나 덜어야지! 입 하나 덜어야지! 노래 부르다

삐쩍 마른 할미새 한 분

오래전 구부정한 날개로 먼 길 떠나셨는데

배곯아 아직 저승 가는 어느 길가에 쭈그리고 있을 것만
같아

이팝나무 옆에 두고 밥 달라며 울고 있는

저기 저 새 한 마리

모셔다가 고봉으로 퍼드리고 싶은

오월의 하얀 꽃쌀밥

나는 눈물 흘리지 않았다

천변 한적한 곳에 허수아비 전시관이 들어섰다
드나드는 사람을 본 적은 없으나
늘 한결같은 자세로 문 앞을 지키는 허수네 아버지
그의 성실함을 높이 산 적 있다

십자가에 달려 대못 같은 빗줄기가 박힌 허수아비
굵은 눈물을 흘린다

새나 쫓을 일이지, 중얼거리다가
불임의 십자가에 매달린
아비들을 생각한다

그 많던 허수는 어디로 가고
빗물은 아비들이 걸어온 흔적을 지우는 중이다

날개가 되려다 만 지느러미

둥근 얼음이 밤새 지느러미를 낳아 놓았네
나 그 지느러미에 손을 베였네
틀에 들러붙은 얼음을 꺼내려다 미끄러지면서였는데

지느러미가 아니라며 날을 세우던
펭귄의 날개였을까?

뜨거운 커피를 좋아하는 여자와
아이스 아메리카노를 사랑하는 남자
서로 다른 온도에 지쳐 깨진 유리컵처럼 날카롭다가
무슨 모양의 이야기를 낳아야 할지 몰라
얼음을 낳고 말았네

펼치면 손을 베이고 접으면 눈물이 되고 마는
염천에 뒤뚱거리며 날을 세우는
나 차라리 펭귄이고 싶었네

펭귄처럼 뒤뚱거리다가 녹아 없어지고 싶었네

한여름

삼겹살 파는 동해식당과 생맥주 파는 델리킹, 연분홍
매화꽃이 벽지 속에서 시들어가는 사케집, 떡집이랑 곱창집
미장원이랑 치과가 오밀조밀 얼굴 맞대고 있는 변두리 상가
주차장에
성냥갑만 한 컨테이너가 땀을 흘리고 있다

햇빛만 쨍하던 주차장에 고요를 깨트리는 자동차 한
대, 낯가림하듯 머뭇거리자 0.5배속으로 기어 나온 남자가
발효된 배를 내밀고 양팔을 휘저어댄다
욕설 같다

웅크렸던 마음이 펴진 걸까? 멈칫거리는 자동차를 손가
락으로 끌어다 빈자리에 끼워 넣고 돌아서는
그를 향해 혀를 날름거리는 호스, 대가리를 낚아채 컨테
이너에 들러붙은 무엇과 한바탕 사투를 벌이던

남자가 보이지 않는다

한낮의 태양이 공갈빵처럼 부풀어 오른다

검은 알약을 모으는 여자

천지사방 꽃향기 가득한 날에
오이지 같은 여자가
콩을 고릅니다

꽃무늬 그려진 양은 밥상 앞에 놓고
오래 버려두었던 꽃그늘을 펼치고 앉아
검은콩을 고릅니다

마당을 뒤덮는 콩알 부딪는 소리는
몸져누운 고요가 마침내 터트린 울음소리 같습니다

햇살을 물고 늘어진 고양이는 풍경일 뿐
그늘에 절인 오이지 같은 여자가
독毒을 뱉는 얼굴로 검은콩을 고르는데

독을 뱉었으니
마당에 검버섯 자라 올라
곧 검은 알약 가득 맺히겠습니다

제4부

박꽃, 피었다

꽃과 꽃 사이를 뒤적이다 붉게 물든 사람을 보았지

밤을 건너뛴 사내 한 명

편의점 테이블에 앉아 취기로 불타고 있었는데 말이야

붉은 뺨 사위어

밤새

그 자리에

박꽃 한 송이 피었다지 뭐야

소희 엄마에게

어느 화장실에서 소희를 만났습니다
찰랑거리는 웨이브 머리에 하얀 블라우스를 입은 그녀는
내 딸 또래 아가씨였는데요
삼십 년을 자란 미소가 화장실 문에 걸려 있었습니다

3초만! 자세히 봐주세요
〈한소희〉 당시 7개월, 현재 32세
발생 일자: 1989년 5월 18일
실종 지역: 수원시 팔달구 남창동
신체 특징: 눈이 오목하고 아래 볼이 처짐
          오른쪽 가마 부분에 머리가 빠짐
착의 사항: 분홍 줄무늬 내복 상의, 파란 내복 하의

내 새끼 꽃잎 닮은 미소가 나란히 겹쳤습니다
"엄마"라고 불리던 날의 기쁨과 첫걸음을 떼던 날의 환희
교복을 입고, 시집을 가고……

급하게 물을 내리고 나왔습니다

울컥, 눈물 쏟는 소리 들렸습니다

위층 사는 지수도 오랜만에 만나면 누구지? 싶은데

오늘도 화장실 문에 걸려 있을

소희를 찾습니다

나무수국

바스락!

빈 무덤 하나를 세우고 돌아가는 중인데

다시 태어나는 법을 배우고 있노라며

바스락! 십일월의 수국이 나를 부른다

버려진 무덤 같다

추우세요? 마른 물음에

헛꽃으로 빛나던 등盞을 꺼트리고 캄캄해진

앞니 빠진 엄마가 *끄덕끄덕*

오래전 수국의 속마음을 알고 싶다

그런데

지난봄에 피었던 둥근 달은 어디에 묻혔을까?

상사화

현관을 나서다가 문득 멀리 계신 분을 생각합니다
예의를 갖추기 충분한 거리에 계시니
꽃 피는 날 기차를 타야겠습니다

한때 눈부셨던 그녀는
무성한 잎사귀 다 떨구고 꽃말만 남았습니다
탯줄로 이어진 관계는 얼마나 자주 서로를 외면하는지
그녀의 꽃말은 이루어질 수 없는 사랑입니다

올해도 마당 가 상사화는 무성한 잎사귀를 떨구기 시작합
니다

꽃 피는 날 기차를 타야겠습니다
이제 예의를 갖추기 충분한 거리에 계시니

두더지소녀

사람들은 내가 살아 있는 걸 잘 모르는 것 같아

가난한 피는 가벼워 가랑이 사이로 질질 흐르는데

아무도 아는 척을 안 해

창문을 갖지 못한 나는 두더지가 되기로 결심했어

해가 지고 나면

불행이 비치는 망사스타킹처럼 금방이라도 올이 풀릴
것 같은 꿈속을 파고들지

빨주노초파남보 무지갯빛 죽음을 심는

새빨간 손톱이 아름다웠을까?

베고니아 화분이 글썽글썽 물방울을 굴리고 있네

폐기물

삶에서
버려야 할 것과 버릴 수 없는 것을 골라내지 못한 사람

날마다 어둑한 방에 틀어박혀 술을 마신다
다음 날이면
새 삶을 다짐하며

재활용 자루 안으로 숨어든 폐기물을 골라내는데
한 끼 식사 배달에 재활용 불가가 된 플라스틱이
네가 그럴 자격이나 있냐는 듯 몸을 피하고
이제 술은 지긋지긋하다며 제 몸을 던졌는지 어쨌는지
깨진 병 조각들 서슬 푸르게 그를 향한다

반쯤 몸을 집어넣고 폐기물을 골라내다가
'재활용이 될 수 있을까?'

삶의 난간에서 입 벌린 자루를 가만히 내려다보는 사람

생각하는 동물

빈 깡통에
너는 묵직한 것을 던져주었지
'사람은 생각하는 동물'이라고

오늘은 밥차가 오지 않아 일찍 잠자리에 들었어
동물인지 식물인지 모를
나는 캄캄한 밤하늘을 보며 무언가를 생각하기로 결심했
지

삭은 이빨을 갈아 밤과 하늘을 찢은 다음
하늘은 끌어다 이불을 삼고
남은 밤을 털어 가마니에 쌓아두고
눈 내리는 겨울밤 저기 저 백화점 불빛에 구워 먹는

그런

황성옛터에 밤이 되니

고려보다 고구려보다 더 멀리 몸을 트는 아버지

황성옛터에 밤이 되니 월색만 고요해
폐허에 서린 회포를 말하여 주노라
아~ 외로운 저 나그네 홀로이 잠 못 이루어
구슬픈 벌레 소리에 말없이 눈물져요[*]

이불 밖으로 드러나 말라 쪼그라진 발이 쓰러진 고목의
뿌리 같다

성은 허물어져 빈터인데
방초만 푸르러[*]

사랑 찾아 떠난 Alice를[**] 대신해 남인수는 오늘도 리사이
틀 중이다

노래는 남인수가 부르는데 아버지는 목이 쉬고 나는
목이 멘다

이 몸은 흘러서 가노니

옛터야 잘 있거라*

남인수는 곧 무대를 떠날 모양이다

슬픈 등뼈

아프리카 오지에는 말에 매달아 달리게 하는 형벌이
있습니다 말 엉덩이에 화살을 쏘면 놀란 말이 뛰기 시작하고
밤이 되어 돌아온 말의 로프에는 등뼈만 매달려 있습니다[*]

캄캄한
엄마는

껌껌해진
엄마는

힘이 센
엄마는

새끼를 매단 줄도 모르고
오늘도 달리는

* 김윤배 시인의 「슬픈 등뼈」에서.

늙은 의자

네 다리가 있어도 걸어 다니는 자유를 갖지 못한
나무이지만 뿌리가 없는 그

노하거나 슬퍼하는 대신
자신이 해야 할 일은 이런 것이라는 듯

세상 가장 요란한 웃음을 앉혀 놓아도
세상 가장 무거운 적막을 얹어 놓아도 불평 한마디 없이
깊은 밤 천사처럼 내려온 어둠을 덮고 잠들던 그

밥 먹고 물 마시고 숙제하던 엉덩이들 쑥쑥 자라
어디로 갔나?

연한 봄 햇살 몇 마름 끊어다가
따듯한 수의 한 벌 지어주고 싶은

일생을 바쳐 맡은 바 책임을 다해낸 후에
스스로 몸을 부수는

날개

　딸아이가 꼬맹이였을 적, 햇살 가득한 공원 벤치에 나란히 앉아 다리를 팔랑거리며 날개에 관해 이야기한 적 있었는데요

　너를 시집보내고
　텅 빈 것은
　내 **뼈**란다

　이제 다시 새가 되어볼까? 어깻죽지를 만지는데
　아차! 날개가 사라졌구나

　네가 사주고 간 고급 외투를 걸쳐보았다
　날개가 되지 않는다
　뼈를 더 비워야 했으나 주저앉아 서랍을 비우기로 했다

　꼬물꼬물
　젖몸살 앓는 옆구리

날개 없는 나는 서둘러 버스를 탄다
네가 좋아하는 열무김치 한 통 담아 들고서

밤에 마는 김밥

질긴 밤을 할퀴다가 발톱 부러진

고양이 우는 소리에 꽃잎 떨어진

이불을 둘둘 말다가 까만 밤夜을 펼쳐 김밥을 맙니다

눈물보다 반짝이는

별도 달도 따다가 김밥을 마는데

자꾸만 옆구리가 터집니다

어제는 한밤중에 행주가 삶아졌고

어제의 어제는 찬장의 그릇들이 죄다 잠을 설쳤습니다

요양원에 사시는 불어 터진 내 아버지도

먹지 못할 불면 한 그릇 말고 계시겠습니다

토스트 아웃*

허파에 바람이 들어 춤추는 공갈빵
진짜 빵이 되려면 어디로 가야 하나
상한 반죽처럼 부풀다 웃음 흘리던 영혼에
어둠이 고이기 시작했다

새까맣게 타면 안 돼!
삐죽삐죽 울음이 새는 구멍을 틀어막으며
매일 쉬지 않고 나를 빚었지만

왜 내게는 갓 구운 빵을 먹는 아침이 오지 않는 걸까요
간신히 빵인 것 같아요
너무 간절해서 멀어지는 혼잣말
문을 닫아걸고

아직은 빵이구나
나는 나를 빵이라 생각하기로 한다
다만,
누구에게도 들키지 말 것

* 토스트를 오래 구워 까맣게 타기 직전 상태를 비유한 말로, 피로와 무기력에 빠진
  상황을 뜻하는 신조어.

함백산

하얗게 탄
가루가 된 뼈들, 서글피 울면
살릴 수 있을 것 같은 그런
짧은 밤이 있었다

또 무엇이 짧았을까

수시로 찾아와 안부를 묻는 햇살
그 밤 부족했던 곡소리를 채우러 오는 산새
그러나 눈 하나 깜짝하지 않는
저 매정함

침묵은 끝없고
그 아버지에 그 딸

혼자서는 내려올 수 없는 곳에
아버지를 버려두고
모른 척, 나는

돌아선다

똑 닮은 내가

매정하게

* 함백산 납골당에 아버지를 모셨다.

매미나물

저 멀리 지리산쯤에 산다는 그의 일을
어딘가에서 듣고 자꾸만 붉어졌다

넘치는 햇살에 생가지 부러지는 소리
매미도 아닌 나물도 아닌
정오의 아픔과 푸른 하늘

무엇을 해야 하나
골똘하다
상처 없이 가능한 순교를 위해
그의 이름을 검색했다

가는 줄기 끝에 노란 꽃을 매달고
보초병도 두지 않은 숲속은
반짝반짝 슬픔을 쏟는다
입 꽉 다문 초록의 여린 속을
툭 부러뜨려

그렁그렁,

콸콸거리지도 못하는,

붉은,

그는 다만 눈물을 흘리는 것이다

* 매미나물: 봄부터 가을까지 깊은 산 속에서 자라는 야생화. 줄기를 자르면 피처럼
  붉은 즙이 나온다.

"두더지소녀"는 푸른 강물처럼
시들지 않는 사랑을 낳고

박승민(시인)

순천만을 끼고 있는 어느 마을. "어둠을 파먹다 검게
마른 꽃잎들"(「불을 켜다」) 같던 한 소녀는 커서 왜 시인이
되었을까? "누구에게도 들키지" 않는 말을 암호처럼 숨기
고 "손끝에 걸린 어떤 말 하나"를 찾아 "울먹울먹 대문
두드리는 주먹"(「구절초」)을 기다리던 그 소녀는 마침내
왜 시인이 될 수밖에 없었을까? 시를 쓴다는 일이 생나무에
"몸 안의 길을 따라"(「Annie 그리고 선심이」) "먼 기억들"을
한 자 한 자 새겨넣는 각고刻苦임을, 그때마다 자기 손등을
더 많이 찍는 상처뿐임을 모르지 않을 터. 그럼에도 문예진
시인의 몸속에는 그 '이야기'를 하지 않으면 안 될 어떤
'피'가 운명처럼 그의 내부에서 들끓었기 때문은 아닐까?

107

새빨간 손톱이 아름다웠을까?

「두더지소녀」는 마치 문예진 시인의 어린 시절을 시공간만 바꾼 채 재구성한 것 같다. 그렇기 때문에 문예진 시인의 시에 흐르는 내면 풍경을 조망하기에 이만한 시도 없다는 생각이다. "두더지"는 서식지가 동굴이다. 마치 동물계의 음지식물 같다. 이 시에서 "두더지소녀"는 태생이 그늘지면서 동시에 "아무도 아는 척을 안"하는 조건에 놓여 있다. 이는 "가난한 피"와 연결되면서 내향성을 더욱 강화하는 기폭제가 된다. "두더지소녀"가 사는 곳엔 빛이 스며들 만한 변변한 "창문" 하나 없는데, 이런 지속적인 음지 상태는 드디어 스스로를 "두더지"로 하칭下稱할 만큼 정신적 결핍과 소외에 시달린다. '동굴 속— 창문 하나 없는 상태 — 밤'으로 이어지는 첩첩산중 속에 그녀는 "꿈속"만을 가장 안전한 지대로 인식한다. 꿈속에서는 현실의 결핍도 소외도 가난도 모두 잊을 수 있기 때문인데, 여기서 심상찮은 점은 꿈의 내용이다. 문예진 시인의 경우 "빨주노초파남보"의 "무지갯빛"조차 "죽음"을 '심는 행위'로 보고 있다. "무지갯빛"을 "죽음"으로 보는 이런 발상은 '무지개'에 대한 기존의 통념을 전복하는 것은 물론 희망조차도 없는 죽음 속에 자신을 묻을 수밖에 없는, 꽉 막힌 비극적 인식을 보여주기 때문이다. 그러므로 더 이상 '희망이 없는 미래'

앞에서 "두더지소녀"는 희망을 꿈꿀 엄두조차 내지 못한 채, 다만 "죽음"을 심는 자신의 "새빨간 손톱이 아름다웠을까?"라는 자조적 독백만을 되뇐다. 그리고 이런 비극을 몸에 감은 채 소녀는 고향을 떠난다. 아이를 낳고 엄마가 된다. 즉 문예진이라는 '시'의 전체적 내용을 구성하는 『버슨분홍』의 세계가 된다.

사람들은 내가 살아 있는 걸 잘 모르는 것 같아

가난한 피는 가벼워 가랑이 사이로 질질 흐르는데

아무도 아는 척을 안 해

창문을 갖지 못한 나는 두더지가 되기로 결심했어

해가 지고 나면

불행이 비치는 망사스타킹처럼 금방이라도 올이 풀릴 것 같은 꿈속을 파고들지

빨주노초파남보 무지갯빛 죽음을 심는

새빨간 손톱이 아름다웠을까?

베고니아 화분이 글썽글썽 물방울을 굴리고 있네
－「두더지소녀」 전문

문예진 시인의 이런 인식에는 아무래도 시인이 성장기를
보낸 6, 70년 대의 농촌 현실 그리고 여성이라는 한국적
특수성이 자리 잡고 있을 개연성이 크다. 박정희 군사정권
이 60년대부터 본격화한 한국 사회의 산업화는 농촌을 숙주
로 번창해 간 반면 농촌은 버려진 땅으로 전락했으며 가난이
일상화된 가운데 여성, 특히 엄마들은 엄마이자 노동력으
로, 때로는 주부의 역할까지 감당해야만 했다. 여기에 가부
장적 위계질서가 덧대지면서 '엄마들'은 오롯이 몸으로
현실을 돌파할 수밖에 없었다. 그렇기 때문에 소녀 문예진의
어린 몸속에도 "뚜껑을 열었는데 / 붉어진 것들이 절정으로
치달으며 내뱉는 것은 온통 등골이 휜 엄마, 엄마들"(「검은
내장이 무거워」)에 대한 공포였을 것이다. 그리고 그것이
자신의 미래라는 무의식이 몸 전체를 지배했을 것이다.
그러나 '엄마들' 즉, 여성들의 이중고 혹은 수난사는 '엄마
들' 이전부터 숙명처럼 이 땅에 이어져 왔다.

박가분 한 통 눈깔사탕 한 봉지 넣고 달음질쳐 넘어온

사내, 열두 고개 콧노래 흥얼거리며 휘휘 달려온 오두막에는
카빈 총구가 먼저와 기다리고 있었습니다 사내가 끌려가던
날, 놀란 고추잠자리 한 마리 포르르 날아올랐다지요 사상을
버리면 자유를 준다 하였으나 살푸슴 왼고개 치고 학살당해
버린, 사내의 사상을 받들어 징역 복만 냅다 터진 새각시
머리에는 어느새 흰 눈 수북이 내려앉았습니다

–「민들레꽃반지」 부분

　　김성동의 소설에서 빌려온 이야기의 주인공인 "련희"는
해방 직후 좌우익의 격렬한 이념 대립 속에 "사상" 때문에
신랑을 잃고 "새각시" 머리가 "흰 눈 수북"이 내릴 때까지
"그 사내"를 잊지 못한다. 여기에 더해 "련희"는 연좌제에
엮여 옥살이까지 하는 고초를 겪는다. 문제는 "련희"–"엄
마"–'나'로 이어지는 근현대사 속에서도 여전히 여성의
지위에 대한 근본적인 형질 변경이 이루어지지 않았다는
사실이다. 물론 그 형식과 방식이 일부 완화된 측면은 있겠
지만 그 본질은 여전하다는 점이 이번 시집에서도 확인된다.

　　「검은 알약을 모으는 여자」의 경우 "천지사방 꽃향기
가득한 날"에 무슨 사연인지는 몰라도 "오이지 같은 여자가
/ 콩을" 고른다. 그 여자 앞에는 "꽃무늬 그려진 양은 밥상"
이 놓여 있고 "콩알 부딪는 소리"는 마치 "몸져누운 고요"가

"터트린 울음소리" 같다. 그 마당에서 "그늘에 절인 오이지
같은 여자가 / 독을 뱉는 얼굴로 검은콩"을 고르지만 뱉어
낸 "독"조차 "마당에 검버섯"처럼 다시 자란다. 속에 든
"독"을 뱉었으되 언제든 다시 손에 넣을 수 있는 "검은
알약"으로 그 여자 곁에 "가득 맺"혀 있는 상태이다. 특히
자신이 직접 몸으로 겪고 지켜본 엄마의 삶은 소녀 문예진의
내면 형성에 결정적인 영향을 미쳤을 것이다.

지하철 1호선 서울역에서
식은 밥알처럼
무딘 칼날처럼
젖은 꽃잎처럼

자, 김밥 있습니다

애 다섯 데리고 셋방 살던 울 엄마
돌에 눌린 장아찌 같은
그 목소리

김밥이 있어요

이차대전 때 죽은 독일 병정의 손목시계처럼

땅속 깊이 묻혀 있다가

솟아 나

김밥 옆구리 터트리고 있었네

지하철 1호선 서울역에서

－「서울역에 모여 있는 김밥들」 전문

    화자는 어느 날 "서울역" 앞에서 "지하철 1호선"을 타러 허겁지겁 달려가고 있다. 그런데 그 바쁜 와중에도 '나'의 눈길을 사로잡는 "김밥"을 '기어코' 보고 만다. 그 "김밥"은 "애 다섯 데리고 셋방 살던 울 엄마 / 돌에 눌린 장아찌 같은 / 그 목소리"를 소환하면서 화자를 '그 시절'의 "두더지소녀"로 되돌려 놓는다. 엄마가 "식은 밥알처럼 / 무딘 칼날처럼 / 젖은 꽃잎처럼" 가난을 몸으로 돌파해 나갔다면 '나'는 그 모습을 '마음의 가난'으로 지켜보면서 혼자 견딜 수밖에 없었을 것이다. 생계의 "돌"에 눌린 엄마가 밤이 늦어서야 집으로 돌아오면 기다림에 지친 '어린 내 옆구리'도 터져 '나'는 더욱 말 없는 '나' 침울한 '나'로 존재해야만 했다. 옆구리가 터진 것이 "김밥"만이 아니라, 엄마의 몸뚱어리도 어린 내 옆구리도 같이 터져나간다. 그리고 이런 풍경 속에서 문예진 시인은 "두더지소녀"처럼 더욱 자기만

의 동굴 속으로 숨어드는, 동물성 음지식물의 정체성을
갖게 된다. 이런 성향은 문예진 시인이 고향을 떠나 결혼을
하고 아이를 가진다고 해서 쉽게 사라지지 않을 만큼 깊게
그녀의 정신에 말뚝 박혀 있다.

> 언제부터인가 집으로 돌아가는 엘리베이터 거울 속에 나를
> 감추고 있어요
> 단물 빠진 얼굴을 종종 맡겨놓지요
> 오늘도 화장으로 가릴 수 없는 표정을 벗겨냅니다
> 그런데 잘 떨어지지 않아요
> 오래 정들었거든요
>
> 스윗한 집에 다 와 가는데 이 노릇을 어떡하지요?
> 거울 깊숙이 손을 넣어 휘저으면 예전에 맡겨놓은 수선화
> 닮은 얼굴 찾을 수 있을까요?
>
> —「거울」 부분

이른바 낮에는 직장인으로 밤에는 가정주부이자 아내로
살아야 하는 '나'는 직장에서는 직장인으로서의 가면을,
집으로 돌아오는 엘리베이터 안에서는 현모양처로서의 가
면을 다시 바꿔 쓰며 퇴근한다. 이 '가면 바꿔쓰기'는 너무나
오래되고 익숙해서 종국에는 자신조차도 자신이 누군지

모르는 혼돈 속에 놓인다. 더군다나 그녀가 쓸 수 있는 "가면"은 실시간으로 선택이 가능해서 "막 화면이 바뀐 광고판에서 화사하게 빛나는 가면 하나 꺼내" 쓰는 일은 간단한 소비 행위에 가깝다. 그녀의 상태는 거울을 들여다봐도 자신의 참모습조차 알아볼 수 없는 상태로까지 악화하면서 자신에게 탄식하듯 말한다. "예전에 맡겨놓은 수선화 닮은 얼굴"을 되찾게 해 달라고. 이는 마치 「쌍봉낙타」에서 "유목의 습성을 버리지 못하고 달아날까 봐 코뚜레에 걸어 단추까지 채워" 둔 그 "낙타"가 "바람이 세차게 불던 어느 저녁, 뚜벅뚜벅 종일 걸었으나 한 줄도 완성하지 못한 이야기를 던지고 옷장이 아닌 TV 속으로 들어가 쓰러지는 낙타/네 다리가 묶여 있었다"의 자기 자신임을 뼈저리게 통각하는 계기가 된다. 그 순간 낙망은 깊고 탄식은 길다. 시장에서 냉이를 파는 할머니가 결국은 "빈 봉지, 빈 깡통, 빈 뱃구레"가 되어 "거리"를 "어슬렁거"릴 때, 그것이 자신의 미래임을 자각할 때 "버슨분홍"은 핏빛에 가깝다.

세세생생 같은 길을 하냥 손잡구 가던 동지가 되자 했습니다

런희!
내 목숨이나 달음업시 그대를 사랑하오 내 수명이 다할째까지 그대를 사랑하려오

한 달에 한 번은 꼭 편지를 보냈습니다 세세생생 같은
길을 하냥 손잡구 가넌 동지가 되자 했습니다
　　　　　　　　　　　　　　　　　－「민들레꽃반지」 부분

　그런 점에서 「민들레꽃반지」에서 보여주는 "련희"와
'신랑'은 가장 이상적 형태의 남녀 관계, '인간관계'의 전범
이라 할 수 있다. 즉 육체를 넘어선 관계, 서로의 생각까지를
사랑의 범주 속에 포함시켜 사랑하는 행위야말로 인간만이
할 수 있는 가장 궁극적 정신 운동이자 사랑의 형식이 아니겠
는가. 그리고 이런 인식을 자기 것으로 시화詩化하는 행위
자체가 문예진 시인이 가진 사랑의 최종적 이데아라고 할
수 있을 것이다. 이 점은 표제작인 『버슨분홍』의 "애신"의
말을 통해 정점을 찍는다. "총 쏘는 것보다 더 위험하고
더 뜨거운 우리들 LOVE의 종착지는 영광과 새드엔딩 그
어디쯤일지? 이제 나는 꽃이 되려 하오 뜨거운 불꽃 말이오
귀하가 남긴 불씨로 그렇게 환하게 뜨거웠다가 지려오"
비록 나라를 빼앗겼지만 "유진 초이"와 "애신"의 사랑은
"버슨분홍빛으로 휘날리"듯 달구어진 총신銃身보다 더 뜨거
우면서도 "위험"하다. 왜냐하면 그 사랑의 필요충분조건은
"목숨"을 걸 만큼 자신을 완전 연소해야 가능하기 때문이다.
「민들레꽃반지」에서 "련희"의 사랑이 기다림의 연속이었
다면, 그 전시대를 배경으로 하는 「버슨분홍」에서 "애신"과

"유진 초이"의 사랑이 더 적극적이면서 열정적이었다는 점도 흥미롭다. 다만 "애신"과 "련희"의 어디 쯤에 "영광과 새드엔딩"의 어디 쯤에 문예진 시인이 꿈꾸는 사랑법이 있는 것만은 틀림없다. 그리고 그 사랑에 도달하는 지난한 길이 바로 문예진 시인의 '시'의 길이 아닐까, 짐작해 본다. 그것은 유사 이래로 어느 사랑도 완성되어 본 적이 없었고 어느 시도 완결되어 본 적이 없기 때문이다.

살아오는 동안 수많은 문을 여닫았다

문틈에 자주 끼었던 손톱에는 푸른빛 매니큐어가 쑥쑥 자라나고

또 다른 문을 열어보는 아침

오래전 사다 두었던 멍을 처바르며 흐느끼던 손가락들

푸른 눈동자를 굴리며 킬킬거리다 마침내 퍼덕이기 시작한다

이제 바람의 나라로 가서 아이를 낳아야지

푸른 강물처럼 시들지 않는 아이를

-「푸른 손톱」 전문

그리고 그 가능성을 문예진 시인은 이번 시집 곳곳에서 보여주고 있다. 「구철초」에서 "골목의 한 귀퉁이에서 작고 파란 손들 자꾸 흔"드는 장면이 빈번할 때, 「가율」에서 "먼 곳에 두고 온" '나'를 찾기 위해 나의 "첫"과 해후하려 스스로 고투할 때, 흑룡강과 연변에서 돈을 벌러 온 중국 교포가 벚꽃 밑에서 술잔을 기울이며 향수를 달래는(「금정에서 눈물 없이도 서러울 수 있겠다」) 타자의 슬픔이 서서히 시인의 시야 속으로 들어오기 시작할 때, 시는 성큼 자기를 넘어 아타我他 동일체로 상승하면서 서로의 "시차를 건널 수"(「Annie 그리고 선심이」) 있기 때문이다.

그런 점에서 「푸른 손톱」은 문예진 시인의 '다음 시'를 예견하는 탄력 강한 "푸른" 고무줄처럼 읽힌다. "멍을 처바르며 흐느끼던 손가락들"을 활짝 펴고 마침내 "푸른 눈동자를 굴리며 킬킬거리다 마침내 퍼덕이기 시작"할 것이 분명하기 때문이다. 그리하여 "바람의 나라로 가서" "푸른 강물처럼 시들지 않는" '시의 아이를' 주렁주렁 낳는 모습이 자연스럽게 상상되기 때문이다.

문예진 시인은 이번 시집을 통해 '기나긴 동굴 속'을 견디면서 살아내면서 끝내는 자기만의 사랑의 방식을 발견

해 나가는 만만찮은 뚝심을 보여준다. 화면은 작고 톤은 나직하지만 짧게 짧게 뭉쳐놓은 문장 속에는 그 길이 쉽지 않았음을, "버슨분홍"이 수십 번의 탈색과 탐색을 거쳐 마침내 "푸른색"(「푸른 손톱」)이라는 자기만의 고유의 '빛'을 향해 끝끝내 행진하고 있음을 보여준다. 때로는 낮게 때로는 조금 높게 변하는 화자의 목소리를 따라가다 보면 우리는 문득 "버슨분홍"과 "푸른색" 사이 어디쯤에서 자신이 놓아버린 색과 향은 무엇일까를 곰곰이 생각해 보게 되는 놀라운 경험을 하게 된다.

버슴분홍

초판 1쇄 발행 2025년 4월 28일

지은이 문예진
펴낸이 조기조

펴낸곳 도서출판 b
등 록 2003년 2월 24일 (제2023-000100호)
주 소 08502 서울시 금천구 가산디지털2로 169-23 1501-2호
전 화 02-6293-7070(대) 팩시밀리 02-6293-8080
누리집 b-book.co.kr 전자우편 bbooks@naver.com

ISBN 979-11-92986-38-8 03810
값_12,000원